소중한 _____님께 드립니다.

여자,
새벽걸음

여자,
새벽걸음

초판 1쇄   2016년 07월 09일

지은이   김사윤
발행인   김재홍
편집장   김옥경
디자인   박상아, 이슬기
마케팅   이연실

발행처   도서출판 지식공감
브랜드   문학공감
등록번호   제396-2012-000018호
주소   경기도 고양시 일산동구 견달산로225번길 112
전화   02-3141-2700
팩스   02-322-3089
홈페이지   www.bookdaum.com

가격   10,000원
ISBN   979-11-5622-196-8   03810

CIP제어번호   CIP2016016095
이 도서의 국립중앙도서관 출판도서목록(CIP)은 서지정보유통지원시스템 홈페이지
(http://seoji.nl.go.kr)와 국가자료공동목록시스템(http://www.nl.go.kr/kolisnet)에서
이용하실 수 있습니다.

문학공감은 도서출판 지식공감의 인문교양 단행본 브랜드입니다.

여자,
새벽걸음

김사윤 시집

도서출판
문학공감

여자에게 말을 건네며

비를 좋아합니다. 내리는 비를 바라보면서 마시는 커피를 저는 좋아합니다. 원로작가 몇몇 분들은 우리 민족이 예로부터 차를 즐겨 마셔 왔으며, 오죽하면 차례(茶禮)가 있었고, 정약용 선생님은 호를 다산(茶山)이라 지었겠느냐며 서양문물의 소품 같은 커피를 좋아하는 저를 타박할 때마다 주눅이 들 뿐 뭐라 반박하지 못했지요. 왜냐하면, 왠지 내가 서양 문물을 흉내 내는 원숭이가 된 것 같은 비참한 마음이 들었기 때문입니다.

한동안 그 많은 종류들의 전통 차들을 보약처럼 복용해 본 적도 있었지요. 그러던 어느 날 '나는 왜 커피를 좋아할까'라는 의문이 들었겠지요. 그 어두운 빛은 십전대보탕(十全大補湯)과 닮아 있고 그 쓸쓸하면서도 떫은맛은 홍차의 그것과 유사한데, 왜 굳이 커피를 좋아하게 된 걸까? 의외로 그 답은 너무 단순하여 허무함마저 들었습니다.

여자, 새벽걸음

저는 단지 커피를 즐겨 마시는 세대였을 뿐이었습니다. 어릴 적 어머니가 집에 찾아온 손님에게 커피를 대접한다고 유리병을 열 때 나는 커피향이 좋았고, 손가락으로 쿡 찍어서 먹어보곤 그 쌉싸름한 첫맛에 치(?)를 떨었다가 뒤에 남은 알 수 없는 미감(微感)을 잊지 못해서 매번 그렇게 쿡쿡 찍어 먹곤 하면서 자라온 세대였지요.

80년대 후반에 접어들면서 본격적으로 커피 자판기가 전국에 공급되기 시작했고, 소위 '길 다방'이라는 애칭까지 생기면서 동네 구멍가게에서부터 학교 캠퍼스에 이르기까지 몇 걸음만 걸어가면 만날 수 있는 것은 전통차가 아니라 커피였고, 녹차라도 마시려면 은사님을 찾아뵙는 특별한 날에야 다기세트를 번거롭게 꺼내서 마실 수 있는 일종의 호사를 누려야 했기 때문입니다.

굳이 다도(茶道)를 배워가면서 마실 여유가 우리에겐 없었고, 동전만 넣으면 바로 튀어나오는 커피 한 잔의 달콤함이 여유의 전부였던 시기였던 거지요. 대학원 진학이 아니면 취업준비에 급급해야 했고, 원하던 바를 이루었다고 해도 여유와는 거리가 먼 일상들의 연속이었고, 그로부터 자유로울 수는 없었음에도 불구하고 편견의 굴레를 벗어날 수 없었습니다.

여류작가들이 이야기해오던 여자들의 삶과 억울한 속내는 수도 없이 많이 회자되어 왔고 이미 출간된 도서만 해도 그 수를 헤아리기 어려울 만큼 많지만, 정작 그들의 수만큼이나 많은 '남자'들이 바라본 여자들의 이야기는 찾아보기 힘든 시점에 한번쯤은 써 보고 싶었습니다. 그녀들이 살아온 삶에 대해서 조금 더 진지하기 위해서는 수많은 대화가 불가피했고, 이야기 중심의 끝에 남겨진 '진담'을 독자들에게 조심스럽게 건네고 싶었습니다.

요즘 해답을 숨겨두고 숨은 그림 찾듯 나온 시집들이 많은 분들의 사랑을 받고 있지요. 그야말로 기발하기도 하고 심지어 난센스퀴즈처럼 본문을 보고 제목을 맞추는 게임을 즐기는 주류를 만들어 간다고 우려하는 문인들도 뵈었습니다. 제 생각은 다릅니다. 문학인가 아닌가를 논하기 전에 젊고 재기발랄한 작가들에게 감사하는 마음이 더 큽니다. 그들이 아니었으면 요즘처럼 취업준비로 힘든 젊은이들을 누가 서점으로 발걸음 하게 할 수 있었을까요?

이번 작품집에서도 저의 작품에서 빠질 수 없는 화두인 '비'는 여전히 많이 등장하고 있지만, 화자가 여성이 대부분인 것이 이번 묶음의 특징이라 할 수 있겠습니다. 단순하고 가벼운 여성

여자, 새벽걸음

흉내가 아니라 그야말로 간절하고 진지한 마음으로 써 내려갔으니, 부디 버려지고 잊히는 작품들이 아니라 비가 내리는 아무 날에 커피 한 잔과 함께 저와 마음으로 마주하는 그런 글들로 남을 수만 있다면 더 바랄 게 없지요.

끝으로 언론에 발표된 시기보다 많이 지나 이제야 발표되는 작품을 믿고 기다려주신 도서출판 지식공감의 김재홍 대표님을 비롯해서 온라인 밴드 〈비바다비〉를 운영하고 계시는 밴드지기 이재경 님을 비롯한 이태경, 김지영, 전형구, 최영찬 님에게도 감사드리고, 오프라인 카페 비바다비를 시작할 때부터 지금까지 지켜주시는 '비바가족(권영인, 김용우, 김진용, 김태완, 이청희, 조용구)' 여러분, 그리고 늦은 시간에도 함께 해 주신 박라희 님에게도 진심으로 감사의 마음을 전합니다.

2016년 6월 25일
김사윤 드림.

차례

2부 / 산 새벽

3부 / 여자, 새벽걸음

4부 / 비녀, 툭 떨어지듯

대나무 숲에 노인이 산다.

출렁이는 바람에 아랑곳하지 않고

푸른 바다로 걸어 들어가는

노인이 산다.

1부

바다, 숲

선(線)

넘어서는 되지 않을 선이 있고
부서져선 안 될 벽이 있다
선(善)을 넘으면 악(惡)이 되고
벽을 깨면 붕괴되는
유년의 흔들림에 우리는 서 있다

넘어야 할 선이 있고
그 선을 넘어야 하나 되는 선(善)
점선과 실선 그리고 쇄선
저 마다 약속된 선으로 선 우리
멈춰 설 선이 있다

무너져야 할 벽 앞에
절망과 실망으로 움츠릴 필요 없고
희망과 소망으로 달아오를
이유도 없는 그대로의 삶에서
무너질 벽이 여기 있다

선을 긋고 벽을 세울 해가 지나
어느덧 시린 나이가 되어 버린
너와 내가 서로를 해할
이유를 남겨둔 채 살아간다는 것
더없이 초라하게 느껴질 때
그럴 때가 내게 있다

걸어가는 길

이미 열린 길도 아닌 길을
걷다 보니 제 길을 걸어갑니다.

지금 내가 걷는 이 길이
다른 이들에게 희망일지 절망일지
도무지 알 수 없지만
멈출 수조차 없는 이 길 위에서
뒤돌아봅니다.

어디서 시작된 길도 아닌
어디서 끝날 길도 아닌 이 길
끝없이 노래하며 걸어가는
외롭고 쓸쓸한 길 위를
절뚝이며 걸어갑니다.

독백, 다짐

어머니의 핏발 선 눈빛처럼
붉은 석양이 건물 사이를 헤집고
저를 감싸는 저녁을 맞으면
저에게 속삭여 봅니다.

'오늘 넌 굳이 널 설명할 필요도,
최고일 필요도 없어. 다만
정의로웠으면 그만이야.' 라고

'널 믿고 안 믿고는 그들의 몫이고,
넌 자유로워질 수 있어.'라고도

새처럼 자유로운 시간입니다.

쉬어가는 점

나는 한번도 마침표를 찍어본 적이 없습니다.
어린 날, 수없이 많이 밟고 지난 느낌표들의 해진
마음들이 몽돌이 되어 뒤돌아 보게 되는 요즘,
새삼 그대의 이름을 불러 봅니다.

돌아선 그대의 시린 등을 바라보다 생긴 틈 하나에
이끼처럼 사람들이 다가와 엉기고 성기어가도
한번도 그대를 원망해 본 적이 없는 탓에
가만히 그대의 이름을 불러 봅니다.

그대만의 마침표가 눈물에 서서히 젖어 갑니다.
사랑하는 그대의 시간이 지나고 닫힌 방문이 열리면
어느새 마침표가 흘러내려 쉼표가 되어 갑니다.

오늘도 그대의 점 하나가 젖어 갑니다.

여자, 새벽걸음

나를 부르다

기억하지 못한다고 잊힌 건 아니랍니다.
드러나지 않는다고 잊힌 건 아니지요.

제 이름을 스스로 부르는 일이 없다 해서
그 이름이 잊힌 건 아니지 않나요.

설령 누구하나 불러주지 않는
제 이름이라 하더라도.

둘 그림자

벼랑과
마주 서 있을 때
너는 나를 지켜보고

벼랑을
등진 채 서 있을 때
너와 나는 마주보고

우리는
한 번도 벼랑을
잊은 적이 없는 터라

내일도
내일도 또 내일도

벼랑으로
벼랑으로 치닫는 오늘,
비 내리는 어제의 오늘도
아득한
망상의 낭떠러지로

너와 나 하나 된
그림자 먼저 등 떠미는가.

여우비 하늘 그 안에

차가운 칼날바람,
구름이 달 가린 채
비 내리던 처연한 새벽
제 가슴 가슴마다
피비린내 배이더라.

온기 품은 해 주위를
이렁저렁 춤추는 비
은빛 햇살 여우비
전설되어 내리더라

은하수 배를 갈라
토해낸 별들이
흩어진 밤하늘을 보니
눈물 그냥 흐르더라.

여자, 새벽걸음

애시 당초 별들은
말라붙은 내 빈 속을
헤집고 내리다가
피멍들을 남기고
대낮에도 내리더라.

마주하다, 새벽

어릴 적 나는 그랬다.

밖에서 슬픈 일을 당했을 때 어머니의 품에서 울고,
억울하고 분노에 찬 일을 당했을 때 아버지, 그래
어떤 일에도 구김없이 풀 먹인 자존심을 이르던
나의 강한 아버지가 든든하게 안아 주었지.

하늘 가득, 매운 사과 날아오르고 제 심장 터뜨려
우리들의 마음을 눈멀게 애쓰던 어른들의 시간에
먼발치 그 자리에서 눈물짓던 여린 아버지, 그래
비겁에 몸서리치던 그 시절 일이야.

허, 어느덧 거울 앞에 선 아버지

여자, 새벽걸음

아버지는 더 이상 아버지와 어머니의 앙상함에
기댈 수 없고, 이 못난 그리움의 잔상들을 화상처럼
안고 벗들의 어린 기억의 옷고름 풀어헤치며, 그래
남은 시간을 천천히 바르게 가자 이르네.

바다, 숲

대나무 숲에 바다가 산다.
늙은 사내 하나가 등대처럼 서서
떠다니는 새들을 부르는 이곳에는
바람이 파도처럼 밀려왔다가
또 밀려가며 거친 숨을 토한다.

대나무 숲에 노인이 산다.
출렁이는 바람에 아랑곳하지 않고
푸른 바다로 걸어 들어가는
노인이 산다.

여자, 새벽걸음

반성

진취적이고 성공적인 이들은 얘기하지.
'앞만 보고 달려라. 돌아볼 시간이 없다.'라고

무책임한 말이다.

폭군들이 과거를 돌아보지 않는다는 거
상상만으로도 끔찍하기 이를 데 없기에
더욱 그러하다.

늦더라도 가끔 돌아보며 바로 가는 게
더 낫지 않을까.

불면증

잠이 오지 않는 밤입니다.

내일 만날 설렘과 두려움이
타조의 날개처럼 퍼덕입니다.

도무지 성가셔서 쉽게
잠을 자게 두지 않네요.

내일이 무슨 날일까요.

오늘 같지 않은 날이지요.
어제는 더욱 아닌 그런 날

그래서 늘 잠을 설치지요.

한낮

오늘 몇 일이예요?
10일이죠?

묻는 거야?
가르쳐 주는 거야?

얘기하고 싶어서요.

비, 가을

낙엽, 매 잎마다 스스로
야윈 심장을 긁어 구멍을 내고
가는 잎맥을 끊어 버리는 데는
그만한 이유가 있으리라.

생명의 수(水)를 내리는
명분의 되바라짐조차
이해될 수 있으리라 믿는
일방적인 내림굿 소리에
잠을 깨는 데에는
그만한 이유가 있으리라

미숙한 반가움에 으스러진
저, 잎사귀마다 내리는 비
찢어진 채 쓸려가는 간절함을
지켜보는 상심 한 잎에도
그만한 이유가 있으리라

그리 거친 소리도, 속삭임도
아닌 겨우 늦가을 빗소리에
잠 못 드는 데에는 분명
그만한 이유가 있으리라

그 이유가 있어야
나는 겨우 못 이긴 채
살아갈 수 있으리라

소리 파도 소리

겨울 밤바다, 얼어붙은 심장을 두 발로 딛고 서
마주한 겨울 밤바다
두런두런 낯선 이들의 혼 서린 수란스러움을
뒤로 한 채 하늘에 어설픈 불꽃
쏟아지는 빗줄기 사이로 혼불처럼 날아오르던
그들이 고개를 떨군다.

상처를 그은 이들의 바다는 차가울지라도
그 상처 품은 이들의 바다는
쓰리고 아린 기억들이 심장을 휘감고 어둠 속으로
그 속으로 가라앉는다
비가 내리는 바다는 그리도 다른 포물선을 하늘에
그리며 꿈을 꾼다.

짙은 침묵의 어둠에서도 소금 한 줌 빛나지 않고,
파도는 무력한 입을 다문다
칼 하나, 가슴에 품은 채 바라보는 바다는
이해를 구하지 않으나, 먼 훗날
나 아니면 너를 해칠 칼 하나 조심스레 내려두고
돌아서는 바다, 겨울 밤바다

뒷걸음

난센스는 우리들의 삶 자체에서도
얼마든지 녹아 있는 화두일지도 모른다.

현상을 조작하고 기만하는 흔들림에
한 치의 부끄러움도 느낄 수 없는
착각과 오만스러움이
진화의 조건일는지도 모른다.

나는 불현듯 두려움에 떨며
이불을 머리까지 뒤집어쓴 채
여태 알고 있던 상식의 왜곡들을
저만치 뿌리치다 잠이 든다.

여자, 새벽걸음

그래도 나는

믿을 수 있는 이들은
자신을 안 믿어준다 슬퍼하며
스스로 서서히 지워만 가고

믿을 수 없는 이들은
자신을 너무 잘 믿어준다고
덧말을 하며 내세우지요.

자, 나는 누구인가요.

살음 걸음

나는 오갈 데가 없는 것이 아니라
머무를 곳이 없는 거다.

지금 내가 머무른 이곳에서
아픔이 움트고 어느새 매운 꽃잎처럼
그리움이 맺힐 때 즈음해서 다시
피어나는 슬픔

내가 머문 곳이 머물 곳이 아니고
숨 쉴 곳이, 숨을 쉴 수 있는 곳이
더 이상 이곳이 아니라고 여겨질 때
연기처럼 사라지는 미련

여자, 새벽걸음

여태 그리 짧지 않은 시간을 보낸
내 삶의 끄트머리에 맺힌 조바심이
부질없는 쓰라림으로 남지 않게
그대를 찾아 나선 길

멈출 수도 다가설 수도 없는 길에
길게 늘어선 그대의 그림자를 따라
발걸음을 옮기는 오늘이다.

전이(轉移)

유리는 그대를 볼 수 있고
거울은 나를 볼 수 있지요.

그 비를 다 맞고 철벅철벅
지친 그대의 걸음을 창 너머 볼 때
거울은 나를 보고 울고 있지요.

그대를 보던 유리가 깨지고
나를 보던 거울이 갈라지는 날
상흔(傷痕)으로 남겠지요.

유리를 가리면 거울이 되듯
그대를 못 보게 되는 그 날에
나만 바라보겠지요.

여자, 새벽걸음

악연(惡緣)

너를 기억하는 일이
이리 쉬운 일인지 몰랐어.

너를 잊어버리는 일이
이리도 어려운 일이었는지
정말 몰랐어.

나를 사랑하는 일이
이렇게 어려운 일인지 여태
모르고 살아왔어.

시, 덧댐

그래 써보자

그게 무엇이 되건 써보자
내 안에 그 무엇이
네 안에 그 무엇에게 달하는
아픔과 절실함에 목이 메여도
외면하지 못할 거라면
써 보자 그래 써보자

익숙해지면 안 된다
외로움에 그리움에 한 치의
여지를 두어서도 안 되고
홀로됨에 길들여져서도
안 될 일이다.

여자, 새벽걸음

그래 써보자
나의 너에게 너의 나에게
손을 내밀어 줄 그 무엇이
또 무언가 될 수 있게
쓰고 볼 일이다.

역린(逆鱗)*

또 그 이야기를 합니다.
기억에도 가물거리는 이야기를
또 그대는 끄집어냅니다.

만류하고 싶지만 당체 그대는
말을 듣지도 믿지도 않으니 설핏
졸음이 밀려옵니다.

시간을 되돌려 볼 수만 있다면
저 할 말이 있을 법도 한데
생각이 나지 않습니다.

---

* 용의 목 아래에 있는 직경 한 자쯤 되는 비늘, 즉 다른 비늘과는 반대 방향으로 나 있
는 비늘을 건드리면 반드시 사람을 죽인다고 하는데, 이것만 조심하면 용을 탈 수도 있
다고 전해진다.

여자, 새벽걸음

조금 우스운 건 그대는
이야기를 꺼낼 때마다 점점 더
확신에 차나 봅니다.

다음에는 화를 내 볼 참입니다.

자격지심

사랑하라고?
한 번도 사랑해보지 않은 것처럼?
글쎄, 그건 가능하겠지만, 적어도
한 번도 아파보지 않은 것처럼
사랑하는 것은 힘들지 않을까?

맘을 다쳐본 사람은 안다.
상대가 고개만 돌려도
혹시 떠날까 봐 두려워진다는 걸

그러니 함부로 말하지 마라.

바다로 가는 이유

거짓말하라. 사랑하지 않았다고,
보고 싶어 하지도, 그리워 않겠다고
거짓말을 하라.
그렇게 해야만 그가 편하게
떠날 수 있을 거라 믿는다면
그리 말하라.
그리고 바다로 가라.

내가 아파서 소리치면
산은 메아리로 몇 배로 돌려주지만.
바다는 당신을 가슴에 품고
거친 파도로 위로할 테니
지금 바다로 떠나라.

풀어헤친 하늘님의 머리채가

거친 바람에 젖고,

산허리 타고 내려오던 비겁의 안개가

중턱에 걸리는 오늘입니다.

2부

———

산 새벽

더불어 비

그대가 내립니다.
수많은 사람들 사이로
보이다 사라지다 그대는
마침내 보이지 않습니다.

내가 내립니다.
그대와 함께 걷던 거리 위로
홀로 내리다 울고 또 울다
털썩 주저앉아 버립니다.

오늘도 비가 되어
그대와 함께 마른 세상에
함께 젖어 갑니다.

귀머거리, 상실

모두 잃어버렸다.
차라리 마음 편한 지금이
도무지 행복이라는 건가.

내 곁에서 지켜보는
사막 여우같은 존재가
늘 있어 왔던 것 같다.

억지 노력으로 결과 값을
바꾸려는 시도가
얼마나 어리석은 건지
일깨워 주는 사람이
내게 속삭인다.

넌
모두 잃어버렸다고

등대, 아직도

밤바다
온 힘을 다해 등대를 밝히는 바다
모래들이 바다로 해초 뿌리를 내려
어둠 속 젖은 파도에
뿌리들을 뭍으로 토해내는 바다는
서서히 하늘로 피어오르네.

등대의 빛은 마침내
고깃배들로 바다의 심장을 찢고,
바다는 상처 안은 가슴에 별을 품고
구름을 품고 나를 품고 그대를 품고
다시 온 힘을 다해 등대를 밝히네.

바다는 나를 보고 나는 등대를 보고
등대는 그저 불을 밝히네.

숨, 바다

어제
누군가는 바다를 닮은 소주를 마시고
누군가는 소주를 닮은 눈물을 흘린다.

어떤 이는
눈물을 닮은 누군가를 그리워하고,
그리고 아침 인사를 나누는 오늘이다.

바다가
고래의 등을 빌어 숨을 내 뿜는다.

어제 같지 않은 오늘이다.

이별, 습관처럼

우린
헤어질 준비가 부족해.

잘 가
행복하길 바랄게.

거짓말이야.

잊힐 거라는 말도
거짓말이야.

적어도
사랑이 아니어야 해.

여자, 새벽걸음

밤바다

하늘은 온통 먹빛이다
비오는 바다는 그래도 푸르다

밤에는 그래 밤바다는 검다
밤하늘도 그러하다

바다와 하늘은
달과 수많은 별들을 품고
이리도 하나 될 줄 안다

우리 둘은
얼마나 큰 걸 품어서
하나 되질 못 할까

지나가며

기차로 먼 거리를 떠나야만 할 때
무미하게 지나가는 전봇대들을 보면
지루해지기 십상이지요.

더 먼 곳을 바라보세요.

산을 바라보면 서서히 다가오는
사람에 대한 기억을 떠올리게 되고,
그때 차창에 하얀 눈발이 날리거나
빗줄기라도 만나게 되면

어느새 당신은 내려야 합니다.

여자, 새벽걸음

낙엽, 그리움

그리움의 끝이 기다림의 시작이듯
기다림의 끝은 그리움의 시작입니다

한 잎의 가벼운 그리움들이 나무되어
잔가지들을 내밀고 가지마다 잎을 맺고
그 잎이 떨어져 또 다른 그리움 되어
기다림이 시작됩니다.

눈에서 멀어지면 마음이 멀어진다는 말
마음이 멀어지면 눈에서 더 멀어진다는 걸
모르고 하는 소리입니다.

그리움의 끝이 기다림의 시작이듯
기다림의 끝은 늘 그리움의 시작입니다

변명

흔히
잘난 사람은 잘난 척하지 않는다.
그냥 잘난 이유로
척을 할 필요가 없기 때문이다.

으레
못난 사람이 잘난 척하게 마련이다.
가끔 그런 이가 잘난 척하면
잘나 보이기도 한다.

나도
잘난 척 해보고 싶은데,
못난 사람이 될까 싶어
관두기로 한다.

여자, 새벽걸음

돼지 만두

비를 바라보고 있노라면

분노, 용서, 이해, 추억, 슬픔,

이별, 사랑, 악몽, 공포, 그늘 그리고

만두가게의 찜통에서 뿜어져 나오는 김이 생각난다.

그녀는 돼지다.

남들이 부르는 그녀의 이름, 돼지만두

양손에 만두를 든 채 길을 건너던 그녀를 치고

트럭 한 대가 어둠 속, 빗길 속으로 사라졌다.

저놈 잡아라.

만두소를 터뜨린 채 달아나는 저놈 잡아라.

산 겨울

겨울은 텅 빈 여백이 아니라
조금씩 채워가는 그림입니다.

하얀 눈이 뒤덮인
산하의 양지와 음지를
햇살이 넘나들며 채워 나가고
마른 가지들을
오가는 까치들이 푸드덕
날갯짓으로 소리를 채우고
그리고

여백을 바라보며
따스한 미소로 마음을 채우고
그러다 봄이 오지요.

60

모자유친(母子有親)

대개의 어머니는 자식을 믿는다고 한다.
하지만 그건 사실과 다른 것 같다.
어떤 자식이든 대부분 어머니를 더 믿는다.

설사 아버지보다 더 못나고 무력하다 해도
적어도 언제나 내편이라는 걸 믿는다.

많은 어머니는 자식을 믿지 못한다.
그래서 많은 간섭과 통제를 일삼는다.

아버지는 유감이다.

양은 냄비

너의 차가운 마음이 내 안에서
쉬 뜨거워진 게 아니라
처음부터 너는
더운 가슴이었다.

너의 가슴이 식어갈 때마다
찌그러지는 나는
양은 냄비다.

더 이상 주름지고 싶지 않는
나는 너의 냄비다.

비가 내립니다

비가 내립니다.
소주를 한 잔 마시고
길을 걷습니다.

길은
내 가슴처럼 타들어가
핏빛입니다.

길을 바라봅니다.
빙글빙글 도는 길을
바라봅니다.

하늘을 바라봅니다.
눈물처럼 내리는 빗줄기를
바라봅니다.

길을 닮은 하늘은 온통
핏빛입니다.

천하장사

모래판을 땀으로 적시며
장사들의 한판이 벌어집니다.

샅을 쥐는 고통도 잠시
함성 속에 둘만의 고요를
나눠 가지는 순간이지요.

어르고 달래다가 순식간에
넘겨버리는 숨 막히는 한판.

넘어진 이에게 손을 내밀어
툭툭 모래를 털어주는 손.

저러해야 합니다.

조롱과 멸시가 아니라
상처를 보듬어 줘야 합니다.

여자, 새벽걸음

우산 하나

하늘이 보이지 않습니다.
쏴아아 쏟아지는 빗줄기들이
소리만으로 나를 감싸는 오후에
동그란 미련이 길을 걸어갑니다.

바다에 서 있습니다.
그 위로 차들이 경적을 울리고
높고 낮은 빌딩들이 파도가 되어
사람들을 삼켰다가 뱉어냅니다.

저마다 우산을 쓰고
밤바다를 헤엄치는 사람, 사람들
어디에도 도무지 하늘이
어디 가고 보이지 않습니다.

계단

아무리 높은 곳도 한 칸씩
오르고 또 오르다 보면
어느새 산동네가 한눈에
내려다보이네.

해가 질 무렵 굴뚝들이
바람에 흔들리는 들풀처럼
비뚤비뚤 연기를 피우던
그곳이 그립다.

얼기설기 군수 지붕들이
돛이 되어 태풍에 날아가도
골목 사이로 매서운 바람이
칼날처럼 지나가도
정박하던 그리움.

여자, 새벽걸음

밤이 되면 거대한 범선처럼
하나 되어 불 밝히던 곳.

계단은 오르기 위한 것도
내려가기 위한 것도 아닌
단지 이곳에
머무르기 위한 것이 아닐까.

산, 새벽

풀어헤친 하늘님의 머리채가 거친 바람에 젖고,
산허리 타고 내려오던 비겁의 안개가
중턱에 걸리는 오늘입니다.

햇살에 쫓기듯 내려오며 소멸하는 흐려지는
모든 그리운 것들에 작별을 고하고
운동화 끈을 고쳐 매 봅니다.

여태 미련한 이슬 머금은 들풀들을 나무라듯
마른 두 손이 젖어 물기 뚝뚝 떨어지도록
털어내고 또 털어 내는 오늘입니다.

여자, 새벽걸음

산사(山寺)의 노래

어둠 한 줌 품고 길을 나선다.
어제의 나를 따라 오르는 산길에
계곡의 물소리가 낯설다.

거뭇한 머리의 승(僧) 하나
바리때를 쩌렁대며 앞서가다
뒤돌아 미소를 짓는다.

산사를 오르는 계단에서
풍경이 나를 치고 돌고 돌아
석수 한 모금을 건넨다.

먼 데 졸린 짐승들이
목어(木魚) 소리에 잠을 청하고
난 대신 매달려 운다.

바다, 그리고

삶이 바늘만큼 가늘어져 실핏줄,
야윈 그림자 되어 찬 새벽 밝아오는
서툰 봄 하늘에서 빗줄기 내립니다.

그대, 검고 푸르되 시린 하늘에서
수많은 바늘들이 비가 되어 내리고
혼불처럼 흔들리며 저만치 갈라선 채
나를 바라봅니다.

하늘은 또 하나의 바다입니다.

수평선,
심장을 둘로 나눈 채 굳어버린 꿈
이편의 바다가 채 품지 못한
저편의 하늘과 갈라선 명제
서로의 이름으로 불립니다.

바라보는, 그대가 바라보는
저 먹빛 구름은 바다,
그가 토해 낸 짙은 파도가
멍 되어 솟구치는데,
마냥 바라만 보는 하루는
흘러만 갑니다.

바다였음을 기억하라고,
제발 잊어버리지 말라고
지금 비는
비릿한 바다를 머금고 내립니다.

바다에서 바다로
비가 내립니다.

친구

하나를 딛고 서는 삶을 상식이라 하고
둘을 딛고 서는 삶을 성공이라 하면
누구를 친구라 부를 수 있을까

양수를 벗어나 만난 세상은
두려운 빛을 마주한 울음이었고
이를 축복이라 억지를 부린다

두 발로 딛고 서는 고립을 배우고
걷다가 뛰다가 넘어졌을 때
첫 빛의 두려움도 아닌
첫울음 서러움도 아닌 한 손
친구라 부른다

한 손을 맞잡고 또
두 손을 맞잡고 손이 모자라
감싸 안은 어깨와 가슴을
친구라 부른다

마지막 가는 길에
눈물이 양수처럼 따스하게
고이고 다시 고여
친구의 품에 안기고 싶다

불망(不忘)

기다릴 사람은 기다린다.
내가 아니어도 네가 아니어도
기다릴 사람은 기다린다.
그러게 마련이다.

그대의 마음이 떠나가도
나의 마음이 떠나지 못하면
그 자리에 그대로 서서
기다리게 마련이다.

떠나갈 사람이 떠나가듯
기다리는 사람은 기다린다.

74

소꿉장난

얼마나 모래 밥에 벽돌 간 양념 넣어
먹는 시늉 먹이는 시늉에
배부른 척할 것인가!

언제까지
탈 장단 허위놀음에 덩실 춤을 출 것인가!

비 걸음

비가 내립니다.
횡단보도를 건너는 중입니다.
혹시 비에 젖을까
우산을 내게로 기울이는 그를 보며
미소를 지어 봅니다.

이상한 일입니다.
그는 비에 젖지 않습니다.
누군가 그를 스쳐 지나갑니다.
내 곁에 아무도 없는 것처럼
툭 치고 지나갑니다.

여자, 새벽걸음

길 건너 그를 꼭 닮은
아이가 작은 손을 흔듭니다.
어느새 아이의 곁에 그가 서서
환하게 웃고 있습니다.
눈물이 납니다.

비가 내리는 오늘도
그는 우산을 쓰지 않고
비에 젖지도 않은 채 웃으며
우리와 젖은 횡단보도를
함께 건넜습니다.

산, 쉬어야 할 때

세상에는 크고 작은 울림들이 있다.
큰 숨을 쉬어야 할 때가 있고
단 숨을 내 쉬고 오늘을 살아가야 할
그럴 때가 있다.

높은 산을 올라 아래를 내려다보면
수많은 낮은 산들이 있는 만큼
올려다보면 더 높은 산들도 있어서
다행이다 싶다.

산에 높낮이가 없다면 어느 산이건
두 번 오를 일은 없을 것 같다.

여자, 새벽걸음

험궂은 진눈깨비 내리는 길 위에

차마 부르기 힘든

어제의 오늘을 진 여자가 서 있다.

비틀대며 보낸

오늘의 어제처럼 취기에 흔들리는

어제의 오늘에 기대어 하늘을 우러른다.

3부

―

여자,
새벽걸음

봄이 오면

그대의 곁에 머무르는 시간이
비록 잠시라 할지라도
따스한 기억되어
남게 되기를 소원합니다.

한겨울 서릿발처럼 하얀
님의 서러운 말 한마디도
숨죽여 울기보다
기억하려 애를 씁니다.

맨발로 내려선 봄 들판에
푸른 생명의 싱그러움이
그대의 가슴에서 넘쳐
제게 남았으면 좋겠습니다.

여자, 새벽걸음

그늘지다

"이젠 그만해!! 지겨워! 언제까지
이런 거짓된 사랑놀이 계속 할래?"

그건 사랑이
거짓이어서 지겨운 것이 아니라
사랑이 아니기 때문에 지겨운 거다.

만약 사랑이라면
거짓이 눈에 보이지 않기 때문에

님의 눈

어제 첫눈이 내렸습니다.
며칠 전에 첫눈을 보았는데
오늘이 첫눈이랍니다.

다른 분들이 첫눈이 아니라고 해서
제가 틀린 줄 알았습니다.

그때 어느 분이
'첫눈은 며칠 전이지요.' 했지요.

자신 없는 저를 탓하면서도
그대와의 첫눈을 기억해 내고
지그시 미소를 지었지요.

대들기, 관계

제가 쉬워만 보이던가요?
당신에게 저는 그리 보이던가요.

어떤 날은 세상이 너무 쉬워 보이고
어떤 날은 라면 하나 끓이는 방법조차
복잡기만 하게 느껴질 때가 있지요.

관계도 그러합니다.
분명한 건 당신이 그를 보듯
그도 당신을 바라보고 있다는 거지요.

인내천(人乃天)

구름이 많은 날
바라보는 하늘이 편하다.

하늘 그대로 바라보는
하늘은 눈부시다.

그는 하늘처럼 자신 있다.
볼 때마다 부담스럽다.

그에게 실망하게 될까
무엇보다 두렵다.

나에게 그는 하늘도
사람도 아니다.

떠나 봅니다

망설이던 시간들을 비웃듯
훌쩍 떠나 봅니다

햇살 눈부신 사월의 오늘
슬픈 지금을 품고
기차를 타고
그냥 떠나 봅니다

다시 돌아올 수 있다는
말미조차 주지 않고
훌쩍 길을 나서 봅니다

동란(動亂)

혀를 물었습니다.
피비린내를 머금고,
오늘을 곱씹어 봅니다.

모진 애를 써봐도
잊을 수 없는 기억들을
더 많은 시간들로
지워야 합니다

멀어도 느낄 수 있던
일상의 커다란 믿음들이
곁에 두고도 느낄 수 없게
무뎌져야 합니다

88

그러므로 더 이상
아파하지 않아도 되고
미워하지 않아도 되지요

줄 것은 주되
아픔이어선 안되고
받을 것은 받되
욕심이어선 안되지요

제 혀를 깨물고 심장을
원망하는 오늘을 잊어서는
안될 일이지요.

곁에 하루

하루를 돌아본다.
약간의 후회와 약간의 실수와 그리고
손톱만큼 약간의 보람이 남는다.

오늘 하루만 그러한데, 지나가 버린
수많은 시간들은 안타까워서
어찌 돌아볼 수 있을까.

반상(反想)

비를 기다리는
시간이 소중하다는 것은
마침내 비가 그치고 나서야
깨닫는 경우가 많지요.

사람도 그러합니다.

그를 기다리는 동안
그를 추억하고 그리워하던
그 시간이 얼마나 소중한지
그가 떠나갔을 때
비로소 알게 되지요.

사람은 그러합니다.

권태(倦怠)

당신의 곁에 선 나를 보지 못하고
눈앞에 없다고 투정하는 당신에게
무슨 말을 해야 할까요

파도가 뭍으로 드나든다고 해서
바다임을 잊었다고 여길 수 없듯이
당신은 여태 사랑입니다

당신을 사랑하는 이유라면
우리 서로 닮아 있어서가 아니라
닮아가고 싶기 때문입니다.

제게서 떠나려 하시려거든
부디 당신의 마음만 가져가시고
제 마음은 그대로 남겨 주세요.

여자, 새벽걸음

만약 그리하지 못하신다면
당신의 마음도 제 시린 마음 곁에
고이 머물러 주길 소망합니다.

당신을 사랑합니다

여자, 새벽걸음

바람이 차다

뜨거운 두 손끝에 머물던 덧없는 시간들이 빗방울처럼 바닥
에 떨어진다.

푸른 거리에 흐느끼는 바람, 부디 입김에 닿지 않기를 바라
는 시간조차 예민한 날에

가로 눈 세로로 뜬 고양이의 두 눈만이 자정을 가리키며 비
린 시간을 그리는가.

험궂은 진눈깨비 내리는 길 위에 차마 부르기 힘든 어제의
오늘을 진 여자가 서 있다.

비틀대며 보낸 오늘의 어제처럼 취기에 흔들리는 어제의 오
늘에 기대어 하늘을 우러른다.

어머니, 당신의 기억이 사라지기도 전에 낯선 기억을 들이는
아버지, 그녀의 아버지다.

야윈 어머니, 당신의 퀭한 두 눈에 하나둘 빛들이 사라져 갈 때 일러두던 한 마디,

나의 외로움의 시작은 너의 외로움의 끝임을 기억하라던 당신의 말은 이내 거짓이던가.

먼 그리움이 새벽 불을 밝히고 외로움의 끝이 보일 때 마침내 여자는 걸음을 멈춘다.

사랑, 바보 같은

남자의 사랑은 억지였을까.
손도 늘 잡히는 쪽이었고
전화도 늘 받는 쪽이었다.

여자가 남자를 떠났다.

여자에게 전화를 걸어도
집 앞에서 기다려 보아도
더는 그를 돌아보지 않았다.

얼마나 여자가 힘들었는지
알 길 없는 남자는 혼자만
사랑에 빠져 버렸다.

여자가 떠나던 그 날부터
남자는 겨우 사랑에 빠졌다.

여자, 새벽걸음

산고(産苦)

사람의 바다에는 비가 내리지 않는다.
굳은 빗장 걸어두고 말라가는 심장을 널어둔 바닷가에
비릿한 서해 바다 거친 하늘의 숨소리처럼
마른 사람의 바다에는 더 이상 비가 내리지 않는다.

나아갈 수도 벗어날 수도 없는 사람의 바다에서
헤픈 겨울 찬바람을 비집고 내릴 비조차 내리지 않는
사람의 바다에서 남자는 여자의 바다에 발을 담그고
여자는 남자의 바다에서 아린(芽鱗)의 노래를 부른다.

진흙처럼 질척이는 해면에 닿은 생살이 농익어
플랑크톤으로 풀어헤쳐진 채 서툰 고기들의 먹이가 되고
그들이 두 발로 저 건조한 바다를 걸어 나오기까지
월경혈(月經血)은 바다를 이루고 낯선 잉태의 꿈을 꾸는가

새벽, 불빛

사랑은 받는 것도 주는 것도 아니라 하였습니다.
단지 사랑은 품고 또 품다가 마침내 넘치는 것이라
그리 말하였습니다.

사랑은 참고 이겨내야 얻을 수 있는 전리품이 아니라
처음 뺨에 떨어진 빗방울의 차가운 냉기처럼 놀랍고
여인의 가슴 사이로 흐르는 빗줄기처럼 부드럽고 따스한
그리움이라 하였습니다.

사랑은, 한 움큼씩 어둠을 베어 문 새벽 가로등처럼
저마다의 밝기로 오늘도 저만치 서 있겠지요.

우리는 비 맞는 가로등입니다.

재회

어두운 밤이 휴식일 수 있는 건
새벽을 의심하지 않기 때문이지요.

당신과 잠시 떨어질 수 있는 건
다시 만날 수 있기 때문이지요.

오늘도 새벽을 기다립니다.

조언(助言)

보세요.

지금 밤하늘에 떠 있는 조각달을

빠르게 스치는 구름들이 과연

달빛을 가리기 위해서인지

보세요.

그대가 듣기 달콤하지 못하고

고와 보이지 않는 말들이

과연 그대를 해치기 위한 것인지

보세요.

어투보다 더 소중한 건

그 사람의 마음입니다

보세요. 제발

여자, 새벽걸음

지병(持病)

아프다. 조금 아프다.
아니 죽을 만큼 많이 아프다.

처음에는 머리가 아프더니
시간이 지날수록 가슴이 아프다.

늘 이런 식이다.
사랑은 아프기만 한데,
사랑하지 않으면 더 아프다.

하얀 새

감나무에 서리가 앉았다.
까치가 푸드덕 날아가며 눈을 털었다.
흩어져 떨어지며 반짝이는 눈, 눈들
그 아래에서 그는 말했다.

기다려. 금방 돌아올게.

시린 두 손을 잡아주고 눈물 흘리던 그.
사내는 끝내 돌아오지 않았다.

여자는 눈처럼 하얀 새가 되어
그를 찾아 나섰다.

피장파장

말도 안 되는 말 중에
"없었던 일로 합시다."라는 말이 있다.
어떻게 있었던 일을 없었던 일로 할 수 있을까.

서로가 잘못한 경우에는
말이 될 수도 있음을 어른이 되어 가면서
이 말이 어떤 말인지 새삼 깨닫는다.

없었던 일로 합시다.

수도(修道)

승(僧)들의 걸음이 고요하다.

세상의 질서를 범하지 않고자 하는
발아래 미물에게까지 미친다.

하물며 사람의 문을 열 때에는
더욱 그러해야 할 것이다.

조용히 걸어 다녀야지.

억지

아팠습니다.
그대의 말이 상처 되어
비수처럼 심장에 박혀도
이제는 아프지 않을 만큼
지치고 지쳤습니다.

한겨울 벌판에
나 홀로 두고 떠나는
그대의 뒷모습이 여태
잊혀지지 않습니다만
잊어보려 합니다.

위로

지금
슬픈 이와 함께라면
그에게 꼭 필요한 이는
눈물을 닦아주던
어제의 그 사람도
어깨를 토닥여줄
내일의 그 사람이
아니겠지요.

지금
그의 눈에 비친
단 한 사람,
오늘의 당신이
필요합니다.

여자, 새벽걸음

자문

묻는다
언제부터
난 비뚤어졌을까

아니
난
비뚤어져 본 적이 없다

어느 날부터
그들이
비뚤게 봐 왔을 뿐

구두 두 켤레

신발장에 구두 두 켤레
나란히 자리한다.

나를 닮은 구두 한 켤레
너를 닮은 새 구두 한 켤레

맑은 날, 좋은 곳에
망설이다 신게 되는 새 구두는
아끼고 아꼈는데 뒤꿈치에
쓰린 상처만 남겨 주네.

얼마나 많은 시간이 흘러야
너와 함께 편안하게
다녀볼 수 있을까

여자, 새벽걸음

궂은 날씨, 험한 곳에
으레 신고 나가는 헌 구두
말없이 나섰다가
돌아오는 낡은 구두

너무 편해 미안하다.

어머니, 당신의 가슴에 품은 한

서린 구름 서린 그리움 두고 그리 바삐 가시려는지.

어머니, 하얀 휘장 걸어두고

저 푸른 세찬 달빛 서러움 타고 이내 끝내 가시려는지.

4부

비녀,
툭 떨어지듯

공무도하가(公無渡河歌)

무덤가에 짐승들이 발자국을 남겼다.
그가 외로워 보였던 걸까

아이가 발로 패인 곳을 다진다.
빈 마음을 채우듯 꼭꼭 다지며 운다.

까치가 운다.
우리가 온 탓에 우는 건지 그가
오는 탓에 우는 건지 목 놓아 운다.

바람이 서러워 바라본 하늘에는
더 서러운 비가 내린다.

무덤에 아이가 발자국을 남겼다.

여자, 새벽걸음

돌아서 걷다

한 번도 뒤돌아보지 않았지요.
그대가 나를 보고 있지 않을까
두려워서 앞만 보고 걸었지요.

뒤돌아 볼 수 없었지요.
그대가 이미 사라지고 텅 빈
가로등 불빛만 남아 있을까
앞만 보고 걸었지요.

노래를 불렀지요.
그대의 이름을 목 놓아 부를까
불러도 돌아오지 않을까
밤새 노래를 불렀지요.

봄비

인연의 끝은 언제나
시작과 맞닿아 있지요.

벗나무처럼 수없이
많은 잎들을 떨쳐 내고도
남은 잎을 피워내다
마침내 가지만 남는다 해도
우리는 인연을 멈출
방법을 알지 못합니다.

어린 새들이 어미 새가
올 때까지 선홍빛 주둥이를
벌린 채 울어 대는 것은
먹이만이 아니라 제 몸이
날아오르기 위한
인연을 기다리는 거지요.

114

여린 봄비가 내리던 날

우렁이 하나가 삐죽

고개를 내밀고 나올 때쯤

어미 우렁이는 그 속을

다 비우고 인연을 다하지요.

공사다망(公私多忙)

고달픈 하루는 오늘처럼
사람들을 많이 만나고 돌아온 날이다.
내 방과 공허함이 만나는 날이다.

수많은 대화를 나누었으나,
한 줌의 기억에도 남지 않는다면
그 허전함을 무엇에 비할 수 있겠는가.

허탈(虛脫)이 해탈(解脫)에
미치지 못하는 이유가 거기에 있다.

여자, 새벽걸음

기억

누구나
기억해 주길 바라지만,
간절히 잊어주길 바라는
사람도 있게 마련이지요.

지금 이 시간
단 한 사람이라도
저를 영원히
기억해 주기를 소망합니다.

잊혀진다는 건
아무래도 슬픈 일이니까요.

폭풍전야

푸르른 하늘만 하늘이 아니지요.
먹구름이 드리워져도 하늘이고
폭우가 몰아쳐도 하늘임을
부정할 수 없지요.

우리는 그 하늘의 무게감에
짓눌리는 날들이 거듭된다 해도
그래도 끝내 살아가야 합니다.

스산한 독백에 빈 하늘을
호흡하는 시간 한 움큼에도
눈물 한줄기 외롭다지요.

밤하늘이 온몸을 감싼
처절한 한기에 몸서리치며
휘파람을 불어 봅니다.

비늘 같은 보도블록 한 조각
꾸욱 밟고 지나갑니다.

유서(遺書)

이 겨울에 근사한 외투 한 벌 가지고 싶다.
그대를 품고도 남을 넉넉한 외투 한 벌을 입고
마른 낙엽들의 숨결들을 길 위에 흩뿌리며
기억 속으로 사라지고 싶다.

밤새 그대의 한숨들이 희뿌옇게 내려앉은
시린 안갯속을 거닐다 보면 어느덧 밝아오는
아침을 가슴에 품고도 남을 넉넉한 외투를
입고 길을 나서고 싶다.

풀숲을 헤치고 고개를 내민 작은 들꽃에
고운 미소를 건네고 다시 돌아오리라는
약속 한 잎 야윈 줄기에 매달아 주고
한기를 여미고 떠나고 싶다.

언젠가 따스하고 넉넉한 외투 한 벌이
하늘에서 너울너울 춤을 추는 날
나는 눈이 되어 서두르지 않고 천천히
그대의 어깨에 내려앉고 싶다.

둘레길

모서리로 남겨지리라
꿈꿔 본 적은 없었으리라.

수많은 가지로 하늘을
이고 지던
소나무 한 그루

굵은 동아줄을 꿰고
모서리로 남았다.

여자, 새벽걸음

미련

악수하지 말든지
포옹하지 말든지

차라리
웃지를 말든지

다 하고서

돌아서서 왜
아픔을 주는 건지

그럼에도 왜
기억하려 하는지

돌아보지 않기로

미망(未忘)의 서(序)

떠나던, 그가 떠나던 날
햇살은 가슴을 검게 그을고
그와 나의 피로 검붉게 차오른 태양

남은 이의 심장을 움켜쥔 시간
그날부터 말과 사랑을 잃은 대신
그리움 하나 얻어 그려 넣은 빈 벽

이승 저승처럼 켜켜이 갈라진
횡단보도 신호는 바뀌지 않는다.

지울 수 없을 바에
차라리 기억하고 그리워하게
잊을 수 없을 바에
원망하고 차라리 미워할 수 있게

여자, 새벽걸음

그는 내게 건너올 수 없지만
나만 건너갈 수 있는 신호등 앞에
우리는 멈춰 서 있다.

그날 그가 수없이 외쳤을 내 이름
오늘 내가 소리쳐 부를 그의 이름

희더라. 검더라 그의 이름 내 이름
검더라. 희더라 내 이름 그의 이름

어둠과 함께 내리는
빗줄기 줄기마다 내리는 이름, 이름
갈라지고 흩어지고 끝내 사라져 가는
그 이름, 그의 이름

지금 웃고 있는가.
저 건너편에 서 있던 그가 나를
바라보고 지금 울며 서 있는가.

별거(別居)

저런,
그 사람도 많이 힘들어 하고 있다는 걸
아직도 모르는가.

자존심 때문에 갈라선
치밀한 다툼을 즐기고 있는가.

당장 그만두어야 한다.
변해서도 안 되고 변할 수도 없는
안타까운 시간들이 흐르고 있다.

서둘러라.

날개

천사에게 날개가 있다.

안타까운 일이지만
악마에게도 날개가 있다. 아마도

천사에게도 악마에게도
날개가 있다.

선풍기도 날개가 있다.
더 많다.

하지만
선풍기는 날 수가 없다.

편지를 쓴다

손바닥만 한 여백에
쓴다. 친구.

그리고

한 칸을 띄우고
쓴다. 사랑해.

그리고

마침표를 찍고
모두 지운다.

그리고

한달음에 다시
쓴다.

친구 사랑해

비, 어머니

어머니가 그리운 날입니다.
소풍 전날 흐린 하늘에 잠 설치던 아들에게
걱정마라 다독이며 더 자주 바라보던
젊은 어머니의 하늘, 하늘

빗소리에 놀라 깬 새벽
어스름 불빛에 하얀 어머니의 얼굴
그리고 도마를 두드리던 소리, 빗소리
김밥 꼭지 하나 입에 넣어주시던
어머니의 손에서는 풀꽃 향이 납니다.

어느새 아버지입니다.
아무것도 모르는 나는 아버지입니다.
어린 아들에게 흙냄새 나는
손을 건네고 싶은 아버지입니다.

여자, 새벽걸음

헌화(獻花)

들꽃을 꺾었습니다.

며칠이 지나면
이 꽃도 그대 곁에 잠들겠지요.

그대는 나를 원망하겠지요.

사랑아, 가라

지쳐본 적이 있는가.
더 이상 의욕도 애정도 없는
그야말로 익숙한 피로감에
지쳐 본 적이 있는가.

사랑에도 지칠 때가 있다.
낯설지 않은 이별을 앞두고도
매번 가슴앓이를 해야만 한다.

사랑은 하고 말고가 아니다.

살다보면 그것만이 유일하게
내 의지대로 되는 것이 아님을
이미 당신은 알고 있지 않은가.

여자, 새벽걸음

귀가(歸家)

홀로 앉은 식탁 앞에 그가 앉았다.
나물 무침이 짜다는 말도 없이
묵묵히 나만 바라보고 있다.

그가 웃는다.
왜 웃느냐고 그를 타박하지 않고
나도 묵묵히 그만 바라본다.

그가 떠난 그 시간에
지금 나와 마주 앉은 그에게
눈물을 보이지 않는다.

창밖에 비가 내린다.

황토, 거친 길을 걷다
-2014년 4월 15일 침몰한 세월호에 부쳐-

바다는 기름때를 거친 물살에 뭍으로 토해내고
하늘에 짓눌린 채 아이들을 품은 바다는
찬연한 빛 대신 짙은 안개를 지으며
하루를 시작합니다.

바다가 시작되는 끝에 서서
육지가 끝나는 바다에 선 아버지는
세상에 등을 보이고 아스라한 담배 연기를
연신 피어 올리던 아이의 아버지는
바다에게 눈물을 보입니다.

"내 새끼 한번만 안아보게 해 주세요"
어머니의 절규가 충혈되어 항에 머물고
"고생이 많지요?"

여자, 새벽걸음

연로한 할머니가 거친 손을 내밀어,
얼굴을 쓰다듬을 때 참을 수 없던 눈물이
흐르고 맙니다.

비로소 기다림이 다 되어 간다는
절망할 시간이 다가온다는 걸
알아 버렸기 때문일까요

기다림에 지친다는 것보다
견딜 수 없는 고통은 아직도 아이들이
차가운 바다에 온몸을 휘감듯
부모님은 뜨거운 분노와 조바심으로
불기둥에 온몸이 묶여있어
모두에게 간절한 시간이 흐르고
있다는 이유겠지요

기념촬영을 하건 라면을 쳐드시건
개념 정리를 하건 말건 그들은 어차피
객들이니 제가 알 바 아니지요.

바닷속으로 뛰어드는 검은 분들의
속도 타들어 가고 뭍으로 오를 때마다
거친 숨을 몰아쉬며
"더 오래 머물고 싶었는데. 숨을 쉴 수가."
알지요. 다 알지요. 왜 모를까요
오래 머물 수 있는 곳이 아닌데, 손으로
잠시 코를 막아도 답답한데,
왜 모를까요. 왜
모를까요. 하지만 아이들이 흩어지면
더 답답하니까 더 슬플 거니까
다시 어둠 속으로 재촉하는
어머니. 아버지.

여자, 새벽걸음

소원

하늘로 뻗은 저 간절한 손들을 보라.

처절하게 울부짖다 부러진 잔가지들이
바닥에 떨어지고 또 떨어져도 오르는
갈망이 이르는 안타까운 마음에
마침내 손 모아 기도하는 나무를 보라.

저런, 미련처럼 간당이는 잎사귀들을
떨구어 내며 풀어 헤쳐진 서늘한 그리움에
바람이 서러운 노래를 불어내다

새들이 날아오른 저 텅 빈
가지를 보라.

비녀, 툭 떨어지듯

어머니,
당신의 가슴에 품은
한 서린 구름 서린
그리움 두고
그리 바삐 가시려는지

어머니,
그날 짐작 하셨음에
못난 아들 늦은 끼니
정성으로 차려 두고
허위허위 쉬 가시려는지

어머니,
하얀 휘장 걸어두고
저 푸른
세찬 달빛 서러움 타고
이내 끝내 가시려는지

138

어머니!
어머니! 아! 어머니!
쉬어라 부르는
어머니! 어머니!
아! 어머니!

끝내
떠나야 하시려는지

어머니,
낡은 비녀 제 가슴에
꽂아두고 마침내
가고야 마시려는지

우울증

그는 물끄러미 나를 바라보았다.
내가 해야 할 일과 그가 해야 할 일
그 가운데 침묵이 도사리고 있다.

죽고 싶지만 명분이 희미한 나에게
그가 해야 할 일은 너무나 분명하다.

내가 죽을 길을 잃어버리게 하거나
살 길을 알려 주거나 그것도 아니면
그냥 들어주는 일이 그것이다.

정령(精靈)

이른 새벽
그리움에 말을 건넵니다.

어둠 속 침묵은
늘 한낮의 두 겹입니다.

먼 길
서둘러 떠나간 친구에게
인사를 건네 봅니다.

그리운 시간입니다.

하루 또 거르며

흐린 하늘 '세월'은
바다에 서고 말아
아이들의 시간도
그 자리에 머물지 몰라
또 눈물이
흐르는 오늘입니다.

가라앉은
선체의 파편에 아이들이
입었을 상처와
어른들의 부조리와 불감에
목 졸린 그 눈빛들
또 시간이 흘러갑니다.

아이들이 떠난
안산 하늘에도
아이들이 머문 진도,

142

그 하늘에도
안개 가득한 오늘
이 시간이
이르게도 지나갑니다.

아이들에게 물어봅니다.
너희들 모두
돌아올 거지?
멋쩍게 웃으면서
맨발로
기다리는 우리들의
시린 마음 녹이며
다시
돌아오는 거 맞겠지요?
기다립니다.
그리고
또 기도합니다.